CRITIQUE DE LA TRAGEDIE DE PYRRHUS,

EN FORME DE LETTRE adressée à M. de CREBILLON.

A PARIS,

Chez SIMART, ruë Saint Jacques, au Dauphin.

M. DCC. XXVI.

AVEC APPROBATION ET PERMISSION

CRITIQUE DE LA TRAGEDIE DE PYRRHUS,

MONSIEUR,

VOUS n'avez pas eû peur du *contre-temps*, en adreſſant vôtre Tragedie de Pyrrhus à un homme diſgracié. Cette conduite n'eſt pas ſans exemple. Le fameux le Febvre de Saumur dédia ſon Lucrece à Pelliſſon, priſonnier à la baſtille. Auſſi ne prétends-je pas vous faire un crime de l'avoir imité. Je ſuis bien aiſe au contraire de faire remarquer la générosité d'un homme de Lettres. On ſe figure fort ſouvent qu'il ſuffit d'être Poëte, pour être un parfait adulateur : ce préjugé ne doit pas faire tort à la Poëſie, il doit être mis ſur le compte des Poëtes. Le feu qui embraſe leur eſprit, ne paſſe pas juſques dans leur cœur : & quelle que ſoit la contradiction entre la nobleſſe des idées & la baſſeſſe des ſentimens, elle ne doit point cauſer de ſurpriſe ; puiſqu'il n'eſt rien de ſi commun qu'un ſi monſtrueux aſſemblage.

Je voudrois ſeulement que la beauté de vôtre Epître eût répondu à la généroſité de vôtre procedé. Comment eſt-il poſſible que vous ayez été content de *ces ſentimens, auſquels on laiſſe ſi peu de carrierre à certains égards, qu'il faut malgré ſoi ſe conformer à une certaine façon de penſer trop modeſte & trop délicate pour s'accommoder du ſtyle ordinaire d'une Epître Dédicatoire*? L'habitude de parler obſcurément influe-t'elle ſur la maniere dont vous exprimez vos ſentimens à vos amis ? Ils ont ſans doute la clef de vos penſées. Mais s'ils trouvent du plaiſir à vous deviner, il n'en eſt pas de même de vos Lecteurs. Vous pouvez parler avec vos amis le langage des oracles, ſans qu'on puiſſe y trouver à redire : mais dès que vos ſentimens paſſent dans le public, vous êtes aſſujetti à la regle commune, qui ordonne de ne parler que pour ſe faire entendre.

Depuis que vous donnez vos amuſements au public, on a toûjours ſouhaitté un peu plus de clarté dans vos idées. On vous a averti que ce qui étoit intelligible pour vous, ne l'étoit pas pour la plûpart de vos lecteurs ; & qu'il étoit inutile de faire acheter des écrits, qui ont besoin d'un commentaire à chaque page. Ces plaintes si justes & si raisonnables n'ont produit encore aucun bon effet. Enveloppé dans une obscurité respectable, vous ne me paroissez pas résolu de vous montrer au grand jour : cependant il me semble que vous y perdez autant que nous mêmes. A certaines lueurs, qui vous échappent sans doute malgré vous, & dont nous sçavons faire nôtre profit, nous jugeons qu'il ne tient qu'à vous de mériter nôtre suffrage. Quel entêtement est le vôtre, de ne nous donner qu'une fatigue souvent inutile, au lieu du plaisir que vous pouvez nous procurer ?

J'ay lû vôtre Tragedie de Pyrrhus avec toute l'attention imaginable : j'en ai conçû à peu près l'intrigue ; mais je vous avoüe ingénuement que je n'entends pas la plûpart des belles choses que vous faites dire à vos Acteurs. Je n'ai pas la modestie extrême de croire que je suis incapable d'entendre un ouvrage d'esprit. D'ailleurs, vous écrivez sans doute pour les sçavans & pour les ignorans ; & quand vous me rangeriez dans cette derniere classe, pourvû que je prouve que je ne dois pas vous entendre, vous n'avez point droit d'insulter à mon peu d'intelligence.

Ce début ne doit pas vous annoncer une critique amére & chagrine : si j'avois l'honneur d'être connu de vous, Monsieur, vous ne m'en jugeriez pas capable. J'espere vous persuader dans la suite que ce n'est ni jalousie de métier, puisque je ne suis point Poëte, ni engagement de parti, mais l'intérêt seul du bon goût & de la raison, qui me fait prendre la liberté de vous écrire. J'ai balancé long-tems sur la forme que je devois donner à ma critique ; & toutes réflexions faites, j'ai jugé à propos de vous l'adresser à vous même. J'ai crû avec raison qu'en m'entretenant avec vous, je serois plus en garde contre certains traits qui échappent quelques fois dans un écrit polemique. S'il est honteux à l'humanité de prendre telles précautions contre les irruptions de la malignité naturelle, rien au moins n'est plus dans l'ordre que de s'en défier. Quand on critique un ouvrage, non dans l'envie de médire, mais dans le dessein d'être utile au public, en louant indifferemment ce qui est bon, & en blâmant sans détour ce qui paroît mauvais ; on doit encore plus particulierement se renfermer dans les bornes exactes de la politesse. Mais quand même je ne sentirois pas une secrette violence à m'en écarter, l'estime sincére que je fais de vôtre mérite m'interdiroit la moindre raillerie qui pourroit vous déplaire.

J'ai bien des doutes à vous proposer sur vôtre nouvelle Tragedie : & afin de mettre quelque ordre dans mes objections, je commence d'abord par l'intrigue de la piece. Glaucias Roi d'Illyrie, & Neoptoleme usurpateur de l'Epire, sont depuis huit jours à Byzance : Lysimachus leur ami commun ne pouvant souffrir qu'ils se déchirassent par une guerre cruelle, leur avoit offert cette Ville comme un lieu propre à terminer leurs differends. La nécessité de ces conférences ne pouvoit être plus pressante : Neoptoleme avoit remporté la derniere victoire, & pour comble de malheurs Illyrus fils de Glaucias avoit été fait prisonnier. L'usurpateur étoit résolu de profiter habilement de cette conjoncture. Il avoit fait mourir Æacide Roi d'Epire, & massacré toute sa famille à l'exception d'un de ses enfans nommé Pyrrhus, que Glaucias avoit juré de remettre sur le Trône de ses Peres. Il comprenoit aisément qu'il ne seroit jamais tranquille possesseur du Royaume usurpé, tant que le Successeur légitime seroit en vie ; & il crut être parvenu au moment de pouvoir se délivrer de toute crainte pour l'avenir : le sort d'Illyrus étant entre ses mains, il se figura que Glaucias lui livreroit Pyrrhus, pour conserver son fils & l'heritier de son Royaume. Ajoutons, pour une plus grande intelligence, qu'on avoit déja parlé de marier Illyrus avec Ericie, fille de Neoptoleme. Le Prince d'Illyrie en étoit amoureux : mais la Princesse n'étoit pas moins aimée de Pyrrhus, quoi que celui-ci ne lui eût pas encore déclaré son amour. Vous devez convenir, Monsieur, que vous ne pouvez trop vous hâter de nous expliquer votre fable ; c'est une nécessité indispensable à tout Auteur tragique d'en venir-là le plus vîte qu'il peut : mais il semble au contraire que vous ayez affecté de nous tenir en suspens. Glaucias ouvre la Scene par une antithese soûtenuë jusqu'au bout : il oppose la tendresse paternelle à la foi Royale ; & il paroît pancher vers celle-ci : caractere qui ne se dément point dans toute la Piece, & qui va même jusqu'à la barbarie, comme je le prouverai. On nous dit un mot de Neoptoleme ; mais nous n'en sommes pas plus avancez. J'ai vû un homme de beaucoup d'esprit lire deux fois de suite cette premiere Scene, sans pouvoir comprendre sur quoi portoient ces exclamations.

Il y a encore quelque chose de plus incompréhensible dans la seconde Scene. Androclide, aussi bon discoureur que bon général, vient nous entretenir d'une *lâche victoire*, que les troupes de Cassander ami de l'Usurpateur, ont remporté sur celles de Glaucias. Ce Roi ne paroît pas autrement s'en soucier : & je vous assure, Monsieur, que les Spectateurs y prenoient encore moins de part. Glaucias paroît occupé du salut de Pyrrhus, que la perte de la bataille mettoit pourtant en un plus grand danger : il enfile son éloge ; & cela ne finit point. Il découvre pour la premiere fois à Androclide, que celui qu'on croyoit son fils, sous le nom d'Helenus, est ce même Pyrrhus fils d'Æacide Roi d'Epire. Il nous apprend que Neoptoleme demande sa tête : & pour prouver que cette demande n'est pas de celles qu'on peut refuser, il fait le recit d'une autre bataille perduë, où son fils Illyrus a été pris, & Pyrrhus blessé. Il est étrange qu'Androclide n'interrompe point Glaucias, pour lui dire qu'il sçait tout cela ; car vous n'oseriez dire qu'il ne doit pas en être instruit : les pays que vos Acteurs habitent ne sont pas d'une si grande étenduë, qu'il faille des mois entiers pour être informé de ce qui s'y passe. Il y avoit huit jours que Glaucias étoit à Byzance ; &

il fallut du tems à Lysimachus pour faire convenir les deux Rois ennemis de s'y assembler : ainsi Androclide n'a pas dû ignorer un évenement qui a fait changer les affaires de face. Il est vrai que les Spectateurs n'en sçavoient rien, & que raisonnablement ils ne pouvoient le deviner : mais est-ce à nous que vos Acteurs doivent adresser la parole ? Qu'avons-nous besoin d'entendre le récit de deux batailles, tandis que nous ignorons ce qu'il nous importe de sçavoir ? Qui est ce Roi qui occupe si long-tems la Scene ? D'où vient-il ? Comment se trouve-t'il transplanté à Byzance ? Qu'y vient-il faire ? Voilà ce qu'on se demande les uns aux autres depuis que les Acteurs ont paru; & voilà ce que vous nous apprenez à la fin de cette Scene, l'une des plus longues de toute la Piece. Il faut que vous ayez bien compté sur la patience de vos Spectateurs, pour oser differer si long-tems l'exposition de vôtre sujet.

Cependant ce délai affecté rend très-froides les deux premieres Scenes, pour ne rien dire de pis. S'il vous avoit plû de débuter par les vingt vers par où vous finissez, on auroit sçû tout d'un coup à quoi s'en tenir. On seroit entré dans les peines cruelles de Glaucias : on lui auroit permis de repasser dans son esprit les circonstances de la derniere Bataille. Que dis je ? Le recit si court, & pourtant si languissant de la Bataille qu'Androclide a perduë, eut été un nouveau surcroit de douleur : on se fut plus vivement interressé dans le sort de Pyrrhus, parce qu'on l'eut regardé comme un homme perdu sans ressource. Glaucias eût pû dans la premiere Scene fonder quelque reste d'esperance sur l'armée d'Androclide ; & quand celui-ci seroit venu nous apprendre que Cassander l'avoit vaincu, nous serions retombez dans la crainte de voir Pyrrhus à la merci de Neoptoleme : en un mot le récit se seroit changé en action ; & la passion eut pris la place de la langueur & de l'obscurité.

Androclide se retire, Helenus entre : mais oserois-je vous demander, Monsieur, quelle raison l'amene ? Pour moi, j'avouë que je ne la vois pas. Illyrus & Neoptoleme pourroient se présenter avec autant de vrai-semblance. Glaucias l'a-t'il fait avertir de se rendre dans son appartement ? Fougueux & impatient comme il est, Helenus y vient-il de lui-même ? Remarquez seulement que vous lui faites dire une chose qui va plus loin que vous ne pensez :

> Peut-il * être en ces lieux si voisin d'un perfide,
> Sans le sacrifier aux mânes d'Æacide ?

Je soutiens qu'Helenus doit ignorer cette circonstance, parce qu'elle porte trop de lumiere dans son esprit. Comment est-il possible qu'il sache que Pyrrhus est dans Byzance, & qu'il ne lui vienne jamais dans l'esprit qu'il est ce même Pyrrhus ? Illyrus ne s'y trompe pas : il exprime ses doutes avec tant de vrai-semblance, qu'on voit bien qu'il avoit pénétré ce mystere important. D'où vient que la nature n'apprend rien à Hele-

* Pyrrhus.

nus, dans le tems que la raiſon éclaire ſi bien Illyrus? Helenus qui ſçait ce qu'il vaut, juſqu'à paroître un peu fanfaron, ſe croiroit-il indigne d'être un des deſcendans d'Achille? Vous accorderez quand il vous plaira cette contradiction : pour moi, je croi que tant de modeſtie ne s'accorde pas avec une ſi bonne opinion de ſoi-même.

Glaucias doit s'attendrir à la vûë d'Helenus; tant de rares qualitez doivent l'affermir dans la noble réſolution de *ſacrifier tout* à la foi promiſe; il eſt très-naturel que de ce pas il aille trouver Neoptoleme : auſſi la Scene quatriéme eſt très-bien amenée; c'eſt un monologue d'Helenus, ſur quoi je n'ai rien à dire maintenant. Ericie va au Temple; elle rencontre Helenus en ſon chemin, & donne lieu à la cinquiéme Scene : comme il ne s'agit ici que de la conduite de la Piece, je n'examine maintenant ni les vers ni les penſées. Ericie a dit en entrant, qu'elle va prier les Dieux : mais c'eſt un prétexte; réellement elle cherchoit Helenus, pour lui parler d'une entrevûë avec ſon Pére. La haine de ce Prince contre le Tyran avoit éclaté :

Mon Pere offre la paix, vôtre Frere y conſent;
Elle trouve en vous ſeul un obſtacle puiſſant.

Ericie ſe retire ſans avoir tiré parole d'Helenus qu'il verra Neoptoleme : ce qui ne me paroît pas trop ſenſé. Helenus demeure ſeul. Qui croiroit que voici déja trois monologues dans ce premier Acte? Ils ſeront bien-tôt ſuivis d'un quatriéme.

C'eſt ainſi que vous vous tirez d'affaires, pour lier vos Scenes ; vous ne ſçavez pas d'autre ſecret que celui-là. Mais j'oſerai vous dire, Monſieur, que ce mécaniſme tragique eſt indigne d'un homme qui a autant de génie que vous en avez : il faut laiſſer l'uſage de cette fineſſe, mille fois rebattüe, aux petits eſprits qui n'ont ni force ni adreſſe. Un génie vaſte, & pourtant réglé, embraſſe ſon ſujet ſans confondre les idées ; il les arrange de telle ſorte qu'elles naiſſent les unes des autres : mais après s'être épuiſé à trouver les incidents convenables, il conſulte les régles de l'art ; & s'il remarque de la reſſemblance dans la maniere d'amener ces incidents, il tâche de les diverſifier de ſon mieux.

Helenus prend la réſolution de voir le Tyran. Je ne vous ferai pas un crime d'avoir differé cette entrevûë juſqu'à la fin du ſecond Acte : du caractere dont vous nous le repréſentez, il n'étoit propre qu'à broüiller les affaires. Un tel Avocat n'eſt de miſe, que quand les parties ſont d'accord.

Illyrus inquiet, à ce qu'il dit, des empreſſements d'Helenus pour Ericie, vient ſçavoir de lui-même ce qui en eſt; & il a tout lieu d'être content, s'il ne cherchoit qu'à s'éclaircir. Helenus, qui n'étoit pas d'humeur à traitter l'amour myſterieuſement, lui dit en deux mots ce qu'il en doit croire. Je n'ai garde d'y trouver à redire : le caractére d'Helenus eſt parfaitement bien ſoutenu ; ſa hardieſſe & ſon courage ne ſe démentent point. Mais j'ai quelques queſtions à vous faire touchant Illyrus.

Le ſort de ce perſonnage n'eſt point décidé dans mon eſprit, ni peut-être dans le vôtre. Quand je le vois paroître ſur le théatre, je m'imagine qu'il eſt ſous la garde de Lyſimachus : pourvû que je me prête à cette idée, je ne trouve point à redire qu'il entre dans l'intrigue de votre Piece. Mais c'eſt une illuſion : vous nous avez averti dans la ſeconde Scene, que Glaucias & Neoptoleme diſpoſent de tout dans le Palais, à l'exception d'Illyrus, ſur qui Neoptoleme a voulu conſerver tous ſes droits. Or, en quoi conſiſte cette diſpoſition abſoluë de ſon ſort ? Ne ſe reſerve-t-il que le privilege inhumain de le faire mourir à ſon gré ? Le lieu du Congrès avoit été regardé juſqu'ici comme un aſyle inviolable ; & c'eſt ce lieu-là même que vous choiſiſſez pour y donner l'idée d'un meurtre, qui eut deshonnoré le Palais de Neoptoleme. Vous croyez cependant avoir ſauvé les apparences, en nous diſant froidement que le Tyran diſpoſe d'Illyrus. Mais cela ne ſuffit pas : quand on a des idées ſi neuves & ſi extraordinaires, il faut en apporter une raiſon ſans replique. Comment voulez-vous que nous vous croyons ſur votre parole dans un fait ſi ſingulier ? Je vous prie ſeulement d'obſerver, que tout le nœud de votre Piéce eſt renfermé dans ce vers, où Glaucias dit de Neoptoleme :

* Qu'on laiſſe cependant diſpoſer de mon Fils.

Sans ce mauvais vers nous n'aurions pas la Tragedie de Pyrrhus. Mais pourquoi élever un édifi-

* Page 8. vers 21.

ce ſur un fondement ſi ruineux ? Eſt-il poſſible que cette ſuppoſition chimerique ne vous ait pas fait tomber la plume de la main ? Car ce n'eſt point ici un trait qui échappe aux plus clair-voyans : vous avez eu ſans ceſſe cette faute préſente à vos yeux. Si Helenus ſe laiſſe emporter à des excès de courage ; ſi Glaucias pouſſe la condeſcendance juſqu'à la barbarie ; ſi Ericie eſt généreuſe juſqu'à déplaire à ſon pere ; ſi le malheureux Illyrus témoigne de la grandeur d'ame ; ſi Neoptoleme trouve quelque couleur à demander avec obſtination la tête de Pyrrhus : tout ce jeu de tant de paſſions diverſes, vous le devez à une faute, à laquelle je ne ſçaurois donner de nom. Mais je reviens, & je vous demande pourquoi Neoptoleme ſouffre qu'Illyrus aille librement dans le Palais ? Y avoit-il de la prudence à le laiſſer conférer avec Glaucias & Helenus ? N'avoit-il pas tout à craindre de la tendreſſe de l'un, & de l'impetuoſité de l'autre ? Neoptoleme avoit-il droit lui ſeul de violer l'aſyle? Par quel étrange renverſement de raiſon peut-il être permis au Tyran de commettre un crime, dans le tems que vous ne laiſſeriez à Glaucias & à Helenus que la liberté d'en être les ſpectateurs ? Reſpectez-vous plus la politique cruelle d'un tyran, que la tendreſſe paternelle, & l'amour naturel d'un frere ſecondé par un grand courage ? C'eſt ce qu'on vous a toujours reproché, il ſemble que pour faire valoir votre bel eſprit, vous preniez plaiſir à choquer les idées les plus communes : ſi vous introduiſez un ſcelerat, vous ne manquez pas de le prendre ſous votre protection ; & vous ne laiſſez à la vertu que la triſte conſolation de ſe plaindre avec éloquence.

Illyrus reſte ſeul : & voilà le quatriéme monologue, dont je voulois parler. Ce Prince fait quelques refléxions ſur la maniere bruſque dont Helenus lui a déclaré ſon amour, ſur les égards que Glaucias témoigne pour lui en toute occaſion : d'où il conclut qu'Helenus n'eſt point ſon frere. Il va de ce pas trouver ſon pere : mais je ne ſçai ce qu'il va lui dire ; car il eſt réſolu de ne pas ſe prévaloir de ce ſecret. Mais s'il ne lui en parle pas, comme effectivement cela eſt certain, je voudrois ſçavoir qu'eſt-ce qui remplit l'intervalle du premier Acte au ſecond. Illyrus va-t-il prier ſon pere d'excepter ſa vie dans un des articles du Traité de paix ? Mais cette démarche eſt entierement inutile : Glaucias n'a pas ſans doute beſoin des remontrances de ſon fils. Helenus a-t-il été trouver Neoptoleme, ſelon l'ordre qu'il avoit reçû d'Ericie ? Encore moins : il differe cet entretien juſqu'à la fin du ſecond Acte. Voici apparemment ce qui remplit cet intervalle : Ericie fait confidence à ſon pere de l'amour d'Helenus pour elle. Neoptoleme ne laiſſe aucun doute là-deſſus : il ouvre le ſecond Acte en diſant à ſa fille, qu'il s'en étoit apperçu depuis long-tems. Pourriez-vous dire, Monſieur, qu'elle n'a pas eu du tems de reſte pour cela avant que le premier Acte finît ? Helenus & Illyrus ont aſſez occupé la Scene depuis que la Princeſſe eſt ſortie. Vous n'oſeriez alleguer, que les amans ne finiſſent point. Cette défaite feroit bonne, si l'entretien se passoit entre une confidente & Ericie : mais c'est d'un pere qu'il s'agit ; & les enfans, sur tout les filles, expedient bien-tôt de pareils entretiens. Vous soutiendrez apparemment, que c'est sur Illyrus que doit tomber l'attention des Spectateurs. Mais pour faire paroître *les sentimens d'honneur qu'Helenus n'auroit pas peut-être*,* Illyrus n'a pas besoin d'agir ; il suffit qu'il se taise. Ainsi, supposant que vous avez voulu que la démarche d'Illyrus ait rempli l'intervalle du premier Acte, ce qui a été sans doute votre pensée ; vous avez prétendu fixer notre imagination à ce silence heroique : ce qui me paroît assez nouveau. On avoit cru jusqu'à present, que pour donner de la vrai-semblance à l'action théatrale, il falloit faire agir les Acteurs qui disparoissoient. Je ne vous prouverai pas que cette regle est prise dans le bon sens : il me suffit de vous représenter, que vous la choquez ouvertement ; & vous êtes trop sincere pour n'en pas convenir, après ce que je viens d'avoir l'honneur de vous dire.

Neoptoleme & Ericie ouvrent votre second Acte : le Tyran n'avoit point encore paru ; & il est tel que vous l'avez annoncé. Ericie montre beaucoup d'horreur pour le crime : Neoptoleme replique ; & pour étoufer les vains scrupules de sa fille, il étale certains principes Machiavelistes, qui peuvent faire impression sur les cœurs corrompus ; mais que vous n'assaisonnez pas assez bien, pour faire illusion à ceux qui aiment la pro-

* Page 20. vers dernier,

bité

bité, & qui croyent que la justice des hommes est un écoulement de la justice suprême : en quoi ceux-ci vous sont très-obligez ; puisque le poison est si grossierement préparé, qu'il n'y a point de cœur droit qui ne rejette avec horreur ces maximes détestables : au lieu que si vous aviez pris plus de peine à les voiler, vous auriez pû gâter ceux qui sont le plus en garde contre des maximes séduisantes. Elles sont d'autant plus dangereuses, que sous une apparence de vérité elles cachent tout le venin de la corruption humaine. Permettez-moi de vous dire, Monsieur, que Neoptoleme, tout tyran qu'il est, ne doit pas étaler avec tant d'emphase le systeme de sa politique : que vous devez lui concilier la bienveillance des Spectateurs. Croyez-vous qu'il ait droit d'y prétendre après s'être montré à découvert comme il fait ? On pourroit lui passer un ou deux vers infectez de ses cruelles maximes. On se plaît à connoître les monstres : mais comme cette perspective n'est pas agréable, il faut glisser là-dessus avec adresse. Car de faire parler les scelerats avec vrai-semblance, de les presenter comme des gens persuadez que le vice & la vertu ne sont que des chimeres : en vérité cela révolte les esprits bien faits ; & vous sçavez bien, Monsieur, que nous devons chercher à plaire à ceux qui ont des sentimens raisonnables.

Ericie n'ayant plus rien à faire sur le théatre, se retire : Glaucias vient prendre sa place ; il entre en discours par la défaite d'Androclide. Je ne vous dirai point que les Couriers de Cassander pouvoient avoir appris la victoire à Neoptoleme? on ſçait avec quelle promptitude on annonce de ſi agréables nouvelles. Mais ſans doute Androclide a fui d'une telle force, qu'il a devancé le Courier du Roi de Macedoine: il s'annonce lui-même ſur le pied d'un *Capitaine ſans gloire, & d'un ſoldat ſans vertu* *; ce qui donne l'idée d'un homme qui connoît le prix de la fuite. Dans une ſi triſte conjoncture Glaucias propoſe les articles de paix: ils ſont ſi raiſonnables que Neoptoleme n'auroit pû manquer de les accepter, ſi ſa politique cruelle, & ſa haine contre Pyrrhus n'y avoient mis obſtacle. Cette ſeconde Scene finit par des mouvemens d'indignation qui font honneur à Glaucias: ſon grand cœur & ſa probité à toute épreuve ne pouvoient être miſes dans un plus beau jour.

Neoptoleme occupe la Scene tout ſeul; & voici encore un cinquiéme monologue. Il ne doute point que le Prince d'Illyrie qui eſt entre ſes mains ne ſoit le veritable Pyrrhus: jugeant de Glaucias par lui-même, il conclut que l'indifference que l'on témoigne pour le ſort d'Illyrus eſt une preuve aſſurée que ce Prince n'eſt point fils de Glaucias. Cependant Helenus ſe ſouvient enfin des ordres de la Princeſſe Ericie. J'avouë que cette quatriéme Scene fait un très-bel effet dans le lieu où vous la placez. Neoptoleme vient de refuſer la paix propoſée, parce que Glaucias ne veut point livrer Pyrrhus: à ſon tour Helenus refuſe d'épouſer Ericie qu'il aime, parce qu'on exige de lui qu'il porte Glaucias à abandonner Pyrrhus. Ce

* Page 3. Scene 2. vers 4.

refus annonce de grands événemens. On craint pour Illyrus; les grands ſentimens du Roi d'Illyrie font appréhender qu'il ne le ſacrifie à la foi promiſe: mais les idées de la tendreſſe paternelle reprenant le deſſus, on ne peut ſe figurer que Glaucias conſente à laiſſer égorger ſon propre fils; & alors nous commençons à craindre pour la vie de Pyrrhus. Cette incertitude donne une véritable impatience. Il y a beaucoup d'adreſſe dans ce contraſte de paſſions: mais un Auteur qui ſçait les mettre en jeu, ne le doit jamais faire aux dépens de la vrai-ſemblance. Vous avez placé là cette Scene, parce qu'elle y fait un bel effet: mais êtes-vous le maître de ſuſpendre l'action des perſonnages que vous introduiſez? Dès que vous les mettez en mouvement, c'eſt la nature que vous devez conſulter, & non le beſoin que vous pouvez en avoir: de ſorte que ſi un Acteur paroît plus tard qu'il ne doit, nous pouvons toujours vous demander raiſon de ce retardement. Tous vos Acteurs ſont dans le Palais de Lyſimachus. Vous nous repréſentez Helenus comme un jeune homme très-amoureux: l'amour doit donner des aîles à ce naturel ardent. D'où vient donc qu'un Prince de ce caractére laiſſe paſſer tant de tems ſans obéir aux ordres de ſa Maîtreſſe? Il n'a pas d'affaire plus preſſante un moment après ſa déclaration, que de ſçavoir ce que le pere d'Ericie veut lui dire: dans les premiers tranſports de l'eſpérance ſon cœur eſt ouvert à toutes les promeſſes de l'amour; pourquoi nous le faire enviſager ſous l'idée d'un homme froid & indolent, puiſque cette idée eſt diametralement oppoſée à ſon caractére ?

Ce qu'il y a de plus ſingulier dans cette Scene, c'eſt que Neoptoleme voyant Helenus inébranlable dans ſa réſolution, lui avouë que tout ce qu'il vient de lui dire étoit pour l'éprouver ; qu'il a voulu voir s'il aimoit véritablement ſa fille : mais qu'au fond il n'a pas beſoin de ſon ſecours pour ſe venger, & qu'Illyrus, qu'on avoit crû juſqu'alors fils de Glaucias, eſt ce Pyrrhus qu'on cache avec tant de ſoin. Après quoi il ſe retire, & laiſſe Helenus dans une ſurpriſe extrême d'une nouvelle ſi peu attenduë. Helenus prend ſon parti en homme généreux : il renonce à l'amour d'Ericie, & tourne ſes ſoins & ſa pitié vers ſon rival. Voilà, Monſieur, une conduite que quelques-uns ont admirée : voyons ſi elle eſt ſi digne qu'on l'admire.

Neoptoleme en habile politique dreſſe deux plans différens, pour arriver à ſon but : il préſente à Glaucias la mort d'Illyrus comme certaine, ſi Glaucias ne lui livre Pyrrhus ; il offre à Helenus le mariage de ſa fille, afin que ce jeune Prince détermine le Roi d'Illyrie à le lui abandonner. Si Glaucias s'obſtine dans ſon refus, comme il y a tout lieu de le craindre ; il ſe flatte qu'Helenus n'y regardera pas de ſi près dans le tranſport d'une ardeur naiſſante. Il ſe trompe cependant : Helenus ne le cede point à Glaucias en magnanimité. Il regarde avec horreur le don qu'on veut lui faire d'Ericie : on y attache une démarche qui ne s'accorde pas avec les loix de l'honneur. Rebuté de toutes parts, quel parti prendra Neoptoleme ? Je n'en ſçai rien : mais voici celui que vous lui faites prendre. Il déclare à Helenus qu'il tient Pyrrhus en ſes mains, & que c'eſt Illyrus lui-même : menſonge auquel Helenus ne manque pas d'ajouter foi ; ce qui eſt puerile. Car quelque imprudence que nous ſuppoſions dans Helenus, il doit voir qu'une pareille confidence vient d'un homme qui ne ſçait où il en eſt. Si Neoptoleme avoit Pyrrhus en ſon pouvoir, auroit-il pris la peine de venir dans Byzance pour demander à Glaucias la permiſſion de le faire mourir ? Helenus ſçait bien que ſi le Tyran en étoit le maître, il ne le laiſſeroit pas vivre un ſeul inſtant : d'où vient-donc qu'il eſt la duppe d'un menſonge ſi groſſier ? Il me ſemble voir un homme fait, qui cherche à attraper un enfant : il propoſe pluſieurs queſtions que l'enfant réſout avec eſprit ; enfin vient la derniere, la plus ridicule de toutes, & le pauvre innocent, qui eſt au bout de ſon latin, ne ſçauroit y répondre. Mais de tels incidens ſont-ils dignes de la majeſté de la Tragedie ? S'il eſt permis de donner de l'imprudence à un jeune Prince, il eſt défendu de le repréſenter comme un ſtupide. Celui-ci a l'eſprit ſi bouché, qu'il ne voit pas qu'on ſe mocque de lui. *O Dave* *, devoit-il dire, *ita ne contemnor abs te !* Mais bien loin de cela, il donne tout à travers dans le panneau : il ne lui vient pas même dans l'eſprit que Neoptoleme veüille le tromper ; & dans le monologue qui vient après la quatriéme Scene, il ſacrifie ſon amour au déſir d'aller ſecourir ce Pyrrhus, qu'il s'applaudit ſans

* O Davus peux-tu me mépriſer juſques-là ! *Terence.*

doute de pouvoir connoître : mais il ne dit pas un ſeul mot qui marque le moindre doute, ni qui puiſſe faire honneur à ſon jugement.

L'intervalle du ſecond Acte au troiſiéme eſt rempli par l'ordre que Neoptoleme donne à ſa fille de ne plus penſer au mariage d'Helenus : Glaucias, Helenus & Illyrus attendent tranquillement qu'Ericie vienne ouvrir la ſçene. Ce troiſiéme Acte a été regardé comme le plus beau morceau de tout l'ouvrage. Je conviens que la matiere eſt bien préparée : Glaucias & Helenus en refuſant les conditions propoſées par Neoptoleme, donnent lieu à mille paſſions diverſes. Nous nous attendons à voir Ericie éclater en reproches, Helenus furieux ſe porter aux dernieres extremitez contre Neoptoleme. D'un autre côté Glaucias verra-t-il ſon fils expoſé à un péril certain, ſans démentir ſon caractére marqué en cent endroits? Comment ſoutiendra-t-il un ſi rude choc ? Le ſort d'Illyrus n'a-t-il pas de quoi nous allarmer ? Il touche à ſon dernier moment : le ſecret qu'il a pénétré ne lui échappera-t-il pas ? Sera-t-il auſſi magnanime aux approches de la mort, que lorſqu'il la voyoit dans l'éloignement ? Voilà ſans doute un grand ſujet à traiter : un génie noble & élevé ſent redoubler ſes efforts, en jettant les yeux ſur un ſi beau plan. Soyez aſſuré, Monſieur, que je me ſens dans la diſpoſition de louer avec plaiſir ce qui me paroîtra digne de louange, comme de cenſurer avec franchiſe ce que je croirai digne d'être repris.

Ericie ouvre ce troiſiéme Acte. Elle ſe reproche d'aimer Helenus, lorſqu'elle devroit le haïr : Helenus vient l'interrompre au milieu de ſes réfléxions. Il devoit à la Princeſſe une juſtification de ſa conduite ; il falloit lui faire voir ſon ame toute entiere, & lui prouver que le devoir ſeul l'avoit mis dans la triſte néceſſité d'un refus. Il ne falloit pas peu d'adreſſe pour manier une apologie ſi délicate : vous vous en êtes tiré à votre honneur. Helenus ſe figure que la Princeſſe doit lire dans le fond de ſon cœur : il ne peut ſe perſuader que l'aimant toujours, & n'ayant fait que ſon devoir, il ait pû mériter ſa haine : il a plutôt refuſé de commettre un crime, qu'il n'a refuſé de l'épouſer. Il jette un regard de compaſſion ſur lui-même ; tout occupé de ſon malheur, il ſemble qu'il vienne s'en conſoler avec Ericie. Un diſcours ſi peu attendu, & dans lequel on ne voit pas l'ombre de juſtification, eſt ſuivi d'une replique pleine d'indifférence. Le mépris affecté d'Ericie met Helenus au déſeſpoir. Un cœur ſi fier & ſi ſuperbe ne daigne point ſe juſtifier : il comprend que Neoptoleme a mal expliqué la cauſe de ſon refus ; mais ne craignons pas qu'il s'abbaiſſe à l'expliquer lui-même : il croiroit ſe déſhonnorer, s'il en faiſoit le détail. Il s'emporte contre le pere de ſa Maitreſſe, & menace de le tuer, ſi on n'accepte les conditions qu'il propoſe. Quoique cet emportement ſoit exceſſif, il n'a rien de contraire à l'idée que nous nous ſommes faits de Pyrrhus : je voudrois que tous vos caractéres fuſſent auſſi-bien ſoutenus que celui-là. La réponſe d'Ericie a été fort goûtée : en voici quelques traits.

On m'aime, & cependant il faut que je fléchisse.
On m'adore, & c'est moi qui dois le sacrifice.
Il faut de mon devoir que j'étouffe la voix,
Et que de mon amant je subisse les loix.
De l'amour suppliant l'orgueil a pris la place;
Et je vois à ses soins succeder la menace,
Les refus, les mépris, la fierté, la terreur.
Vos transports les plus doux ne sont que de fureur,
Impétueux amant, dont l'ardeur téméraire
Ne déclare ses feux qu'en déclarant la guerre.

Mais parce qu'Ericie aime toujours Helenus, elle prend la résolution d'aller trouver son pere, pour le fléchir. Je ne comprends pas pourtant comment Ericie & Helenus peuvent regarder leur mariage comme rompu. Il faudroit supposer pour cela qu'ils eussent fondé leurs esperances sur la mort d'Illyrus; ce qui ne feroit honneur ni à l'un ni à l'autre. Que si Neoptoleme consent aux prieres de sa fille, les choses seront sur le pied où Helenus souhaite qu'elles soient: il pourra disputer Ericie à son frere; & il ne craint pas apparemment un tel rival. Il est vrai qu'il peut se tromper: mais enfin la crainte de ne pas venir à bout de tout ce qu'il entreprend ne tombe pas dans l'esprit d'un homme fait comme lui. Les fameux Paladins Roland & Renault ne sont que les copies de cet original. Quand je vois ces Heros fabuleux entrer en lice, je suis assuré du succès de leurs armes. Vous m'avez donné la même idée d'Helenus: pourquoi ne le croirois-je pas au-dessus des petits obstacles que vous opposez à son amour ?

Helenus demeure sur le théatre, & Illyrus ne manque pas de s'y rendre. Il se passe entre eux une Scene, où j'avoue que je ne comprends rien. Comment avez-vous pû vous résoudre à les faire trouver ensemble, n'ayant rien de meilleur à leur faire dire ? Illyrus trouve fort mauvais que son pere le sacrifie ; & Helenus, après quelques fanfaronades, lui fait voir l'impossibilité où il est de le sauver. Si vous aviez pris à tâche de les rendre ridicules l'un & l'autre, vous ne pourriez pas vous y prendre mieux. Jamais Illyrus n'a montré tant de foiblesse, & n'a par conséquent paru plus méprisable: pour Helenus, c'est un discoureur qui s'échauffe en parlant, mais qui sûrement n'a aucun dessein fixe dans la tête. Ce défaut est assez généralement répandu dans votre Piece : ce sont par tout des idées vagues & sans suite ; jamais rien de particulier qui attache l'esprit des Spectateurs.

A cette Scene si absolument inutile, en succede une autre encore plus mauvaise. Glaucias paroît tout d'un coup, sans qu'on puisse deviner quelle raison l'amene. Il eut certainement mieux fait de se tenir à l'écart, que de faire voir ses sentimens : il croit beaucoup faire pour son fils en l'embrassant ; & il l'envoye au supplice avec ce bel argument :

Le malheureux Pyrrhus est maître de ma foi,
Je ne suis pas le sien, & ta vie est à moi.

Quelque apparence de raison qu'il y ait dans ces vers, je soutiens que vous n'avez jamais dû mettre Glaucias dans un tel défilé. Il falloit nous le representer comme capable de sacrifier tout à la foi promise : mais vous deviez employer votre adresse à lui sauver un pareil entretien. Il n'est point naturel que les entrailles de Glaucias ne soient pas émuës en la présence d'un fils qui va mourir. Jettez, Monsieur, les yeux sur le sacrifice d'Iphigenie : avec quelle dexterité Racine manie-t-il un sujet si délicat ? Il s'agit de l'intérêt de la Grece entiere ; les Dieux s'opposent au départ de la flotte, & ils déclarent par la bouche de Calchas que la mer sera couroucée jusqu'à ce que l'autel de Diane soit teint du sang de cette Princesse. Croyez-vous, Monsieur, que Racine la fasse livrer sur le champ par Agamemnon ? Un bon pere est moins prodigue du sang de ses enfans. Il proteste en entrant qu'elle ne mourra point : & quoiqu'il repasse dans son esprit les suites de sa desobéissance aux ordres suprêmes, il conclut que la vie de sa fille est d'un assez grand prix pour être redemandée deux fois ; il facilite lui-même sa fuite. Je ne dis rien des sentimens de tendresse qu'Agamemnon fait paroître. Glaucias fait-il quelque chose de semblable pour Illyrus ? Qu'offre-t-il à Neoptoleme pour la vie de son fils ? Il lui cede des pays qu'il ne peut plus garder : il promet de ne plus *armer en faveur de Pyrrhus.* * Ne voilà-t-il pas un grand effet de la tendresse paternelle ? Mais vous avez eu besoin de cette dureté de Glaucias, pour donner de la vrai-semblance à l'emportement d'Helenus dans la Scene suivante : ce que la ten-

* Page 26. vers 19.

dresse pour Illyrus n'a pû faire, la fureur d'Helenus en viendra à bout. Je vous prie seulement de considerer que la patience échappe au malheureux Illyrus, voyant que son Pere est intraitable. Il fait valoir sa discretion, persuadé qu'Helenus réfléchira sur le grand effort qu'il se fait de ne pas déceler Pyrrhus : l'endroit est curieux, & mérite d'être rapporté.

Oüi je vous ferai voir par un effort insigne
De quel amour, Seigneur, Illyrus étoit digne ;
Que ce fils malheureux, sans le faire éclater,
Des plus rares vertus auroit pû se flâter ; *Ces deux vers sont inintelligibles.*
Qu'il sçait du moins mourir, & garder le silence,
Quand son propre interêt peut-être l'en dispense.
Je pourrois d'un seul mot éviter mon malheur :
Mais ce mot échappé vous perceroit le cœur ;
C'est dans le fond du mien qu'enfermant ce mystere
Je vais sauver Pyrrhus, vôtre gloire, & me taire.
Adieu, cher Helenus, vous apprendrez un jour
Si j'avois mérité de vous quelque retour.

Je viens de vous dire que la Scene suivante tire sa vrai-semblance de la barbarie de Glaucias ; mais je me rétracte : Illyrus n'en dit que trop, pour mettre aux champs l'imagination d'Helenus. Tel est l'embarras d'un homme qui examine un ouvrage comme le vôtre. Comme vous n'avez pas le soin de vous renfermer dans une idée unique, & de la suivre ; ce n'est pas une petite affaire que de deviner ce qui donne le mouvement à l'action théatrale. Je ſuis tenté de croire que vous compoſez une Tragedie comme l'on fait une Elegie, où les contradictions même trouvent place. Il étoit inutile de faire un barbare de Glaucias, puiſque vous devez faire d'Illyrus un babillard : vous pouviez opter entre l'inhumanité de l'un, & l'indiſcretion de l'autre.

Après qu'Illyrus a fait les derniers adieux en apparence, il ſe retire, & laiſſe Helenus & Glaucias enſemble. On convient ſans peine que c'eſt ici la plus belle Scene de toute la Piece. Glaucias ne ſe rend qu'à toute extrêmité, & préciſement dans le tems où il le falloit : ce qui fait voir que vous connoiſſez la nature, & qu'il ne tient qu'à vous de la conſulter dans d'autres ſituations, où vous négligez de la ſuivre pas à pas. Helenus y paroît tel qu'il s'eſt montré par tout ailleurs. Si un Fils peut faire voir de l'emportement en parlant à ſon Pere, c'eſt dans une occaſion comme celle-ci : quand il voit Glaucias faire à Illyrus un adieu ſi froid, Helenus doit ſoupçonner qu'Illyrus n'eſt point fils de Glaucias. Il s'eſt inſtruit ; & dès qu'il a appris qu'Illyrus eſt véritablement ſon Frere, il doit vôler à ſon ſecours. Glaucias s'y oppoſe ; mais cette oppoſition doit irriter un homme auſſi boüillant qu'Helenus. Il s'emporte contre ce Pyrrhus, pour qui on fait tout, & qui ne paroît jamais. Rien ne fait tant de plaiſir, que de voir Helenus dire des injures à Pyrrhus : ce que Glaucias ne pouvant ni ne devant ſouffrir, il donne lieu à un des plus beaux mouvements dont le théatre ſoit ſuſceptible. Helenus piqué d'un éloge qu'il croyoit que Pyrrhus ne méritoit pas, ne se connoît plus. Si ses expressions sont peu mesurées, vous lui conservez un reste de respect pour son Pere : il tombe à ses genoux ; & c'est dans cet état qu'il prétend arracher un secret qu'il n'est plus possible de lui cacher. Il y a beaucoup d'adresse à avoir amené Glaucias si avant : c'est pour lui une nécessité inévitable de découvrir à Helenus qu'il est ce Pyrrhus qu'il veut connoître avec tant d'empressement. Cette reconnoissance ne ressemble en rien à celles que nous voyons tous les jours, & qui sont toutes jettées dans le même moule : vous ne l'avez point placée dans cet endroit parce que vous en aviez besoin pour varier vôtre action ; elle s'y vient placer d'elle même : & ce seroit un vrai défaut qu'elle ne s'y trouvât pas. Elle est une suite de la véhémence des passions que vous avez sçû exciter : en quoi vôtre art est d'autant plus estimable, qu'il est plus caché, & que vous ne semblez suivre que les mouvements de la nature.

C'est par ce changement d'état que finit vôtre troisiéme Acte. Pendant l'intervalle Glaucias fait jurer à Pyrrhus qu'il n'entreprendra rien contre le Tyran. Il le confie à la garde d'Androclide, & de Cyneas ; & il se flâte qu'il poura marier Pyrrhus avec Ericie. Pyrrhus de son côté prend la noble résolution de se livrer lui même pour sauver Illyrus.

Il fait sçavoir à Neoptoleme qu'il se charge de lui livrer Pyrrhus, & demande une entrevuë avec la Princesse. Il ouvre le quatriéme Acte avec Androclide & Cyneas. Je ne m'arrêterai pas à examiner cet Acte : il passe pour le plus mauvais de tous, parce qu'il arrête l'action. Pyrrhus y découvre le secret de sa naissance à Ericie ; ce qui n'interesse plus. Ils étalent tous deux de beaux sentiments : mais on est trop impatient de voir Pyrrhus avec Neoptoleme, pour se plaire à cet étalage. Glaucias vient sur la fin proposer à Ericie d'épouser Pyrrhus : en quoi il me paroît sacrifier deux fois le malheureux Illyrus ; ce qui à la vérité ne passe pas les bornes de son caractere ; puisqu'il a pû le livrer à la mort, il peut bien encore lui enlever sa Maîtresse. Tout cela se suit parfaitement : mais en vérité étoit-ce la peine de faire un Acte avec si peu d'étoffe ? Au reste, vous seriez bien embarrassé de nous dire ce qui remplit l'intervalle du quatriéme Acte au cinquiéme. Direz-vous qu'Ericie va trouver Pyrrhus, pour l'empêcher de se livrer lui-même ? Mais Pyrrhus lui a fait déja part de sa résolution ; & ce n'est point lui qu'elle doit tâcher de vaincre : tous ses soins doivent se tourner du côté de son Pere. Quoi qu'on ne sçache presque point quel dessein vos Acteurs roulent dans la tête, Ericie fait assez entendre qu'elle n'a pas d'autre ressource : c'est ainsi qu'elle s'explique en finissant la derniere Scene du quatriéme Acte :

Les moments me sont chers, souffrez que je vous quitte,
Seigneur ; il n'est pas tems d'interroger mes pleurs,
Lorsqu'il faut prévenir le plus grand des malheurs.

Elle ne dit pas précisément ce qu'elle fera : mais

il seroit ridicule de s'imaginer qu'elle va retrouver Pyrrhus, avec qui elle vient d'avoir un si long entretien. Ces derniers vers ne peuvent donc s'entendre que de Neoptoleme: mais vous vous moquez de nous; Ericie ne parlera à son Pere que dans le cinquiéme Acte. Pyrrhus a fait dire dans le quatriéme à Neoptoleme qu'il l'attende; & le Tyran a tout le tems de se morfondre: car tout le monde sçait que vous reculez cette entrevûë à la fin de la Tragedie, & qu'elle en fait le dénoüement. Pour Glaucias, on ne sçait ce qu'il est devenu: il pleure peut-être avec Illyrus. De bonne foi, Monsieur, cette conduite de vôtre Piece est-elle digne d'un Auteur qui travaille depuis si long-tems pour le théatre? Je pardonnerois à un jeune homme, qui nous donneroit son coup d'essai: mais vous n'avez pas droit d'exiger de nous une pareille indulgence.

Ericie ouvre le cinquiéme Acte avec sa suivante: mais c'étoit Neoptoleme que vous deviez d'abord faire paroître. Voyant que Pyrrhus ne vient point, ce qui en effet est assez étrange, le Tyran doit le chercher avec empressement: outre que si Ericie avoit parû avec son Pere, on auroit pû se figurer que leur conversation étoit une suite de quelque entretien secret. Mais le cinquiéme Acte eut été trop court; & les Acteurs travaillent à la toise comme les autres ouvriers. Aulieu qu'Ericie devoit aller trouver Neoptoleme, il semble que Neoptoleme vienne trouver Ericie. Il se passe entre eux un assez long débat. La Princesse imite la conduire de Pyrrhus: elle fait à son Pere une belle exhortation à la clémence. Elle lui parle du projet de Glaucias : mais Neoptoleme persistant toûjours dans sa barbare résolution, elle le supplie de la souffrir auprès de lui ; ce qu'il n'a garde de permettre, parce qu'il se doute que Pyrrhus va venir. La passion est très-vive dans cet endroit. J'avouerai pourtant que je n'attendois pas tout cela d'Ericie. Elle attrape si bien les manieres de Pyrrhus, que la copie fait honneur à l'original.

Enfin, après des délais infinis, Neoptoleme voit arriver Pyrrhus, qu'il prend toûjours pour Helenus. Tout le monde a applaudi à cette Scene. La magnanimité de Pyrrhus est mise dans tout son jour : il n'y a personne qui ne se sente ému, lorsqu'après de longs détours ce Prince jette son épée, & dit d'un ton intrépide ;

> Frappe, voilà Pyrrhus.

Qui pourroit dire combien de passions diverses s'élevent dans l'ame des Spectateurs ? On admire un si grand courage : on craint tout de la lacheté du Tyran. La terreur ouvre les cœurs à la pitié : mais la grandeur d'ame de Pyrrhus les rassure. On ne peut se figurer que Neoptoleme soit assez inhumain, pour faire périr un Prince si généreux. Enfin l'impatience ne peut être plus grande ; & on a besoin de la présence d'Ericie & de Glaucias pour calmer tous ces mouvements. A leur arrivée l'esperance se ranime. Illyrus n'avoit rien à voir ici ; & je suis surpris que vous veüilliez le faire témoin de la catastrophe, où assurément il ne trouve pas son

son compte. Il se voit enlever la Princesse, sans qu'il ait le petit mot à dire: Neoptoleme, Glaucias & Pyrrhus conviennent de leurs faits; & le tout à la barbe d'Illyrus, qui seroit encore plus ridicule s'il s'avisoit d'ouvrir la bouche. Que ne le laissiez vous derriere le théatre, plûtôt que de lui faire joüer un si sot personnage?

Quelques personnes ont trouvé que la conversion du Tyran étoit très-subite: il admire Pyrrhus comme les autres. Mais je ne vois pas comment on s'y prendroit pour le faire agir d'une autre façon. Veut-on qu'il fasse le difficile, avant de se rendre? Le sublime que vous avez crû voir dans cette expression si simple *l'admirer*, vous a fait préferer ce tour. Selon ces critiques, il falloit conserver le sentiment, & l'exprimer d'une autre maniere: en le dévelopant peu à peu, vous auriez donné plus de vrai-semblance au changement qui se fait dans le cœur de Neoptoleme. Peut-être ont-ils raison: peut-être n'avez-vous pas tort. Je n'ai garde de décider: mais je ne puis finir sans vous faire observer que vous dégradez entierement Neoptoleme. Il a recours à des soumissions, qui le rendent méconnoissable. Après l'avoir haï pendant toute la Piece, je parviens enfin à le mépriser. Il semble que vous ayez fait vôtre idole de Pyrrhus, & que tous ces Acteurs que vous introduisez ne soient que des ombres, pour relever la beauté de ce tableau. Il seroit cependant plus beau, si vous ne donniez pas l'idée d'un mariage futur entre Pyrrhus & Ericie. Ce Prince n'a-t'il pas dû avoir un étrange éloignement pour elle, dès qu'il apprend qu'elle est fille du meurtrier de son Pere? Je sçais bien qu'il étoit engagé trop avant: mais enfin si on a trouvé mauvais que Chimene promette d'épouser Rodrigue, si cette promesse a paru contraire aux bonnes mœurs; je ne vois pas comment vous pouvez sauver l'indécence de ce mariage. Qu'on lise les sentiments de l'Academie sur le Cid, on sera persuadé que vous êtes dans le cas de Corneille; avec cette difference, que vôtre Pyrrhus est un Heros du premier rang, & que Chimene est d'un sexe en qui on souffre impunément une foiblesse.

Permettez que je vous dise un mot de Lysimachus, dont je n'ai pû parler de crainte d'interrompre le fil de mes objections. D'où vient que ce Prince ne paroît jamais sur la Scene? On nous parle sans cesse de lui; il est ami de Glaucias & de Neoptoleme: avez-vous craint d'en faire un médiateur de leurs differends? Mais où en trouver un autre plus propre à les terminer? Les conférences se tiennent dans son Palais; & il n'y prend aucune part. Comment a-t'il pû consentir que Neoptoleme fît mourir Illyrus, si tel étoit son bon plaisir? Pourquoi lui faite-vous accepter une condition qui le deshonnore? Ne tient-t'il qu'à faire des suppositions en l'air, sans consulter les regles de la bienseance & de l'honneur?

Telle est l'ordonnance de vôtre Piece. Elle a pû imposer dans la déclamation: mais je doute que vous ayez été bien conseillé, de la faire imprimer. Quand on entend reciter une piece de théatre, le Spectateur met sur son compte les fautes du Poëte. Si, comme dans vôtre Tragedie, les idées sont confuses ; il croit manquer de pénétration. S'il n'apperçoit ni ordre ni conduite ; il s'accuse de n'avoir pas été assez attentif. Mais il n'en est pas de même quand l'ouvrage est imprimé : un lecteur tant soit peu habile voit d'un coup d'œil ce qu'il en doit penser. Ce n'est plus en tremblant qu'il s'avoüe à lui-même qu'il s'ennuie, ou qu'il ne comprend rien à ce qu'il lit : il en examine la raison ; s'il trouve de l'embarras dans les expressions, & de l'obscurité dans les pensées ; si les mœurs sont mauvaises ; si les caracteres sont ou mal imaginez, ou mal soûtenus ; si enfin il n'apperçoit aucune suite, aucun ordre dans le tissu de l'ouvrage : il ne craint pas d'en porter son jugement. Combien de talents divers ne faut-il pas rassembler, pour faire une belle Tragedie ? Le grand art des bienseances, le rapport parfait de toutes les parties au sujet principal, l'attention scrupuleuse à suivre la nature, la sagacité à découvrir le sentiment unique & qui doit frapper naturellement, la retenuë si rare dans un Auteur qu'il sçache finir avant le dégoût, la liaison des Scenes si bien enchaînées les unes dans les autres qu'on n'en puisse détacher un vers sans ôter quelque chose de nécessaire, le sublime pathetique & touchant répandu à propos dans le corps de l'ouvrage, les graces d'une diction pure & naturelle, les charmes d'une poësie nombreuse & figurée : telles sont les qualitez que doit posseder éminemment un homme qui travaille pour le théatre.

Racine les possedoit dans un dégré superieur, & c'est le meilleur modéle qu'on puisse proposer à ceux qui courent la même carriere que ce grand homme.

Mais il est tems d'examiner vôtre versification. J'avois d'abord eu dessein de censurer tous les vers qui le méritent : j'ai été si effrayé de leur quantité, que j'ai résolu de me renfermer dans ceux du premier Acte. Je ferois un gros volume, si je suivois mon premier projet : on jugera par cet échantillon ce que j'aurois pû dire sur tout le reste.

Dieux vengeurs des forfaits, protecteurs des asyles,
Que le soin de vous plaire & de vous imiter
Contre un Roi généreux semble encore irriter.

On ne sçait de qui Glaucias veut parler. Il se loüe lui-même; & c'est-là l'embarras : on se figure que c'est de quelque Roi généreux dont il est question. Voilà justement la priere du Pharisien.

Si les pleurs que j'oppose à vos décrets terribles,
Si ma juste douleur vous éprouve inflexibles,
Du moins ne laissez pas.

Il manque quelque chose au premier vers, pour faire un sens complet. Vous avez voulu dire : Si les pleurs que je verse ne vous touchent point : mais vous ne le dites pas.

Vous futes les garants des serments que je fis.

Il est faux que les Dieux soient les garants des serments des hommes : ils en sont seulement les témoins.

Je lui dois d'un ami le secours & la foi ;
Il ne l'éprouvera legére ni perfide.

Ce dernier vers est si mauvais, que Chapelain pourroit l'avouer.

Seigneur, un sort plus doux n'a pas servi le zéle
D'un sujet malheureux, & cependant fidéle.

Que signifie *un sort plus doux* ? Androclide n'a rien dit encore.

Mandier des secours garants de sa défaite.

Des secours qui prouvoient sa défaite ; c'est ce que vous voulez dire : mais personne avant vous n'a dit *des secours garants* d'une défaite. Voilà assurément une plaisante garentie.

Réduit à déclarer la honte & le malheur
D'un combat dont un autre a remporté l'honneur,

Il semble d'abord qu'Androclide veüille dire que par tout où il a passé il a publié sa défaite. Il y a une confusion étonnante dans la construction des six vers qui précédent : il falloit couper tous les differents membres de cette période, & ne pas la faire régir par le génitif.

Caſſander m'a vaincu : ſa fureur & ma fuite
N'ont laiſſé qu'un bucher dans l'Epire détruite.

Ma fuite n'eſt là que pour rimer avec *détruite*, qui à ſon tour eſt une cheville : ainſi ces deux rimes ſont deux freres lays.

A ſuivi le ſuccès d'une lâche victoire,
Que le Tyran obtint & pourſuivit ſans gloire.

Lâche victoire eſt une expreſſion toute neuve. Androclide fait le diſcoureur. Il y a beaucoup de philoſophie dans le ſecond vers : mais s'il n'étoit pas glorieux au Tyran de vaincre, il étoit encore moins glorieux à Androclide d'être vaincu ; & nous n'avons que faire de ſes ſentiments pour ſçavoir ce que nous en devons penſer.

Pyrrhus avec le jour près de moi doit ſe rendre.

Ne diroit-on pas que *Pyrrhus* & *le jour* ſont deux perſonnes qui doivent ſe trouver au lever de Glaucias ? On pourroit dire, Il vient avec l'Aurore ; parce que l'Aurore eſt perſonnifiée, & le jour ne l'eſt point.

Mais depuis que Pyrrhus eſt en vôtre pouvoir,
Il ne m'a pas été permis de le revoir.

Que dites-vous de cet émiſtiche ? *Il ne m'a pas été*, &, ſouvent je fais faute à la céſure ; c'eſt préciſément la même faute. Mais puiſque l'occaſion ſe présente, souffrez que je vous demande d'où vient qu'Androclide ignore cet important secret. N'avoit-il pas remis lui-même Pyrrhus à Glaucias? Qui pouvoit à plus juste titre prétendre à cette confidence? Il n'y avoit certainement rien à craindre de lui en faire part. Que dis-je? Il n'étoit pas possible de lui en faire un mystere: son séjour dans la Cour de Glaucias, & l'amour qu'il devoit avoir pour celui qu'il regardoit comme son Roi, devoit l'éclairer sur tout ce qui se passoit. Avouez que vous n'avez sçû comment nous apprendre le secret de la naissance de Pyrrhus: mais au moins il ne falloit pas choisir Androclide pour en écouter le recit.

Un Heros en un mot si digne de celui
Dont le nom seul encor fait trembler aujourd'hui.

Digne de celui n'a jamais fini un beau vers; & ces sortes de négligences ne doivent point être permises.

Qui n'a point démenti le sang qui l'a fait naître:
Il en est digne autant qu'un mortel le peut être.

Assurer que Pyrrhus ne dément point son origine, c'est tout dire: il est inutile d'ajoûter qu'il en est digne autant qu'aucun autre mortel. Cette idée n'ajoute rien à la premiere; outre qu'on ne peut pas l'exprimer plus bassement.

Qui reçut dans son cœur avec le sang des Dieux
Tout l'éclat des vertus que l'on adore en eux.

Recevoir l'éclat des vertus ne me paroît pas trop clair. On croit entendre ces ſortes de phraſes : mais on prend ſouvent une notion confuſe pour une idée claire.

> Qui fit à l'Univers dès l'âge le plus tendre
> Par un nouvel Achille oublier Alexandre.

Mettons cette phraſe en proſe : Qui fit oublier Alexandre par un nouvel Achille. Qui eſt-ce qui voudroit parler ainſi ?

> Mais, Seigneur, quel péril ſi puiſſant le menace ?

Outre le mauvais emiſtiche, on dit, grand peril, peril preſſant : mais on ne dit point *peril puiſſant*.

> Eut reconquis l'Epire,
> Qui fut de ſes ayeux le légitime Empire.

Voilà un vers abſolument inutile : Androclide ſçait bien que l'Epire appartient aux ayeux de Pyrrhus.

> Que je te confiai le ſoin de conſerver
> Ses Etats, qu'en ſecret j'avois fait ſoulever,
> Et dont enfin je fis ſortir Neoptoleme.

Il n'y a que le ſecond vers de paſſable ; le premier & le troiſiéme ſont déteſtables. Un Auteur peut bien ſe déguiſer à lui-même un méchant vers ; mais deux ou trois à la file les uns des autres, en vérité c'eſt un peu trop.

Mon fils jaloux de ſa valeur
Crut pouvoir par lui ſeul réparer ce malheur.

Mauvaiſe conſtruction : *Par* eſt inutile.

Et pourſuivre ſans crainte une ſure victoire,
Dont Helenus devoit s'attribuer la gloire.

Helenus auroit eu l'honneur d'avoir frayé le chemin à la victoire : mais Illyrus y eut eu ſa bonne part. D'ailleurs s'agit-il de cela maintenant ? Pourquoi faire une telle reflexion ? Quand on narre un fait, il n'y a rien de plus déſagréable que d'en interrompre le cours. Je ne dis rien du vers ; il eſt entierement mauvais.

Il m'a fait propoſer de lui livrer Pyrrhus,
Qu'il mettoit à ce prix le ſalut d'Illyrus.

Il m'a fait propoſer qu'il mettoit. A-t-on jamais parlé un tel langage ? Mais voici ſept ou huit vers à la glace.

Mais que pour épargner mon honneur & ma gloire,
Et ne me point ſouiller d'une action ſi noire,
Qui décréditeroit & mon nom & ma foi,
Cet article ſeroit entre lui ſeul & moi.
Dans ce cruel ſéjour voilà ce qui m'amene.
Lyſimachus qui veut terminer notre haine,
S'eſt de lui-même offert pour garant du traité :
Neoptoleme & moi nous l'avons accepté.

Peut-on rien voir de plus plat que cette narration? Comment eſt-il poſſible qu'un homme d'eſprit ſe pardonne de telles négligences?

Et ce même Pyrrhus met au rang de ſes Dieux
L'objet qui de ſon ſang eſt le prix odieux.

Il n'y a aucune ſuite entre ces vers & ceux qui les précédent: ce qui les rend un parfait galimathias. On a de la peine à comprendre que ces grands mots ſignifient ſimplement, que Pyrrhus aime Ericie.

Neoptoleme a craint que fier de mon abſence,
Ce Heros n'entreprît de ſurprendre Byzance.

Neoptoleme regardoit donc Helenus comme un fou. Car à moins que de l'être, il ne lui pouvoit venir dans l'eſprit d'aller tomber ſur la Capitale de Lyſimachus, qui étoit l'ami de ſon pere.

Enfin il a voulu qu'il me ſuivît ici.

Il me ſemble voir les rats, qui raiſonnent ſur le châtiment qu'on a exercé contre Rodilard, l'Alexandre des chats: après bien des conjectures, comme ils peuvent ſe tromper, la Fontaine les fait conclure par ce vers ſenſé:

Enfin qu'on a pendu ce mauvais garnement.

Ce qui eſt plutôt fait que de vouloir deviner la raiſon veritable. Glaucias eut mieux fait de commencer par ſon *Enfin* : il n'a dit qu'une raiſon, & il s'en faut bien qu'elle vaille une de celles que les rats ſe figurent. Je vous prie de conſidérer l'embarras où vous vous êtes trouvé, de pallier la faute de Glaucias. Androclide lui dit, en parlant de Pyrrhus :

> Pourquoi l'ameniez-vous dans ce ſéjour funeſte ?

L'objection eſt preſſante : mais parce que Glaucias ne ſçauroit y répondre, il a recours à une mauvaiſe défaite, & enfin à l'ordre abſolu de Neoptoleme : ce qui veut dire en termes clairs, que vous aviez beſoin de Pyrrhus pour faire votre Tragedie ; mais que les régles de la prudence ne lui permettoient pas de ſe trouver où vous l'avez fait venir. Au reſte, il eſt inutile d'avertir que ce vers ne vaut rien ; le rapporter, c'eſt en faire la critique.

> Fais-toi d'autres vertus, dont le choix légitime
> N'offre point avec lui l'apparence du crime.

Se faire des vertus, dont le choix légitime n'offre point l'apparence du crime, ſont des expreſſions qui ne ſignifient rien. Vous voulez dire, Pratiquer des vertus qu'on ne puiſſe pas attribuer à la ſource impure des vices.

> Avec elle en ces lieux que faiſiez-vous encore ?
> Parlez.

C'eſt Illyrus qui parle à Pyrrhus. Une demande ſi fiere promet beaucoup : mais *quid dignum tanto feret hic promiſſor hiatu ?* A quoi aboutira cette rodomontade ? Content d'avoir fait cette ſortie, il ſe mutine à ſe taire. Il ne ſçait point allier ſon amour avec ſa générosité : au lieu qu'Helenus paroît auſſi amoureux que magnanime.

> Mais Helenus ſenſible autant que généreux,
> N'a jamais ſçû, Seigneur, braver un malheureux.

Voyez juſqu'où va la tyrannie de la rime. La conſtruction demande, Mais Helenus autant généreux que ſenſible : car il s'agit là de ne point braver un malheureux, qui eſt un effet de générosité.

Il y a encore dans ce premier Acte beaucoup d'autres vers que l'on pourroit reprendre : mais en voilà de reſte pour vous montrer le défaut de votre verſification. Je ne puis croire que vous ne vous en ſoyez pas apperçû vous-même : vous ſçavez ſi bien à quel coin ſe marquent les bons vers, que c'eſt une pure négligence de votre part quand vous en laiſſez paſſer de mauvais. Mais on ne ſe laſſera jamais de vous les reprocher, juſqu'à ce que vous ayez du reſpect pour le public : il vous a traité ſi favorablement, que vous ne pouvez mieux lui témoigner votre reconnoiſſance qu'en travaillant vos ouvrages avec plus de ſoin. Je ne ſçais ſi je dois vous faire des excuſes en finiſſant, de vous avoir parlé avec tant de liberté : il me ſemble que les gens de Lettres devant aimer la vérité ſur toutes choſes, ne ſçauroient ſe plaindre qu'on la leur faſſe connoître. Mais parce que je pourrois avoir péché dans la maniere de vous la dire, ſans le ſçavoir ; je deſavouë tout ce qui ne ſera pas de votre goût. Quelques défauts que je trouve dans votre Tragedie, j'y remarque de très-grandes beautez : elles viennent toutes d'une force d'eſprit qui n'eſt pas commune. Une ſi belle qualité vaut mieux que toutes les Tragedies du monde. J'ai l'honneur d'être avec l'eſtime la plus ſincere, Monſieur, &c.

APPROBATION.

JE ſouſſigné, Me. ès Arts, en l'Univerſité de Paris, j'ai lû par ordre de M. le Lieutenant Général de Police, un Manuſcrit qui a pour titre : *Critique de la Tragedie de Pyrrhus*, *&c.* dont on peut permettre l'impreſſion. A Paris ce 10. Septembre. 1726. PASSART.

Vû l'Approbation, permis d'imprimer & diſtribuer. Le 10. Septembre. 1726. HERAULT.

www.ingramcontent.com/pod-product-compliance
Ingram Content Group UK Ltd.
Pitfield, Milton Keynes, MK11 3LW, UK
UKHW020955220726
13924UKWH00002B/702

9 782019 977672